ye

3510

imp. de Ph. Cordier, rue du Ponceau,

A MONSIEUR LE MARQUIS

DE FORTIA D'URBAN

MEMBRE DE L'INSTITUT

(ACADÉMIE DES INSCRIPTIONS ET BELLES-LETTRES)

PRÉSIDENT HONORAIRE DE LA SOCIÉTÉ DE L'HISTOIRE DE FRANCE

DE L'ACADÉMIE ROYALE DE BRUXELLES

DE LA SOCIÉTÉ DES BIBLIOPHILES DE PARIS

ET DE CELLE DE MONS ;

De la Société d'Émulation de Cambray ; de la Société d'Agriculture, des Sciences et Arts de Valenciennes ; de celles de Caen, d'Amiens, d'Avignon, de Marseille, de Nismes, de Montpellier, de Toulouse ; de la Société des Antiquaires de France ; de l'Académie de Cortone ; de celle d'Archéologie de Rome ; de celle des Lincées également de Rome ; de l'Académie Royale de Naples ; du Musée de Francfort-sur-le-Mein ; de l'Académie Royale des Antiquaires du Nord à Copenhague, etc., etc., etc,

QUI VIENT DE PERDRE SON PREMIER SECRÉTAIRE.

Signatum est super nos lumen vultus tui, Deus !

LE PSALMISTE.

A MONSIEUR LE MARQUIS

DE FORTIA D'URBAN

MEMBRE DE L'INSTITUT.

O Vous dont l'Institut, dont la France s'honore,
Dont les âges futurs s'honoreront encore;
Dont les mille travaux sont faits pour convenir
Au dix-neuvième siècle autant qu'à l'avenir :
Vous dont l'Europe entière avec raison se vante;
Vous, grand Historien; Vous, Sommité savante;

Vous, de l'aveu de tous, l'argument le meilleur
Que l'on peut être un noble et faire un travailleur ;
Vous qui donnez beaucoup, sans bruit, sans que personne
Soit chargé d'annoncer ce que votre main donne :
Vaste esprit, cœur ouvert, grand comme l'océan ;
O Monsieur le Marquis de Fortia d'Urban,
Puisque nul mot de vous ne tombe et ne s'oublie,
Vous l'avez dit un jour : « la mort touche à la vie ! » (1)
Mais faut-il cependant que, tout-à-coup, ainsi,
Vous soyez confirmé par la mort d'un ami ?
Il vient de s'éclipser, jeune homme, à l'heure indue ;
Tous ceux qui le voyaient, l'ont bien perdu de vue ;
Et s'il n'est pas tout seul, c'est parce que, d'abord,
La tombe est sa voisine, et sa moitié, la mort !
Il n'a que trop cessé d'être sur cette terre
Votre ami spécial et votre secrétaire ;
Les vers, les vermisseaux le mangent à leur gré ; (2)
Mais un esprit croyant peut-il être enterré ?

---

(1) Paroles de Monsieur le Marquis DE FORTIA, à l'occasion de la
mort de M. DE TOURNON, ancien Préfet de Rome.

(2) Putredini dixi : gens mea es tu ; sodales mei et mei parentes,
vermibus.

JOB. *(Conforme au texte hébreu.)*

Et l'âme qui craint Dieu, qui veut le voir, peut-elle
Suivre dans le néant la dépouille mortelle ?

Ceux qui n'ont fait que nuire, en nuisant volontiers,
Quels qu'ils soient, ceux-là seuls périront tout entiers :
Il faudra que sur eux ce qu'ils ont fait retombe ;
Rien d'eux n'ira plus haut, ni plus loin que la tombe ;
S'ils n'ont pas bien vécu, tant pis ; ils mourront mal ;
Tout comme on voit mourir la bête et l'animal :
Et s'ils n'ont craint ni Dieu, ni les lois, ni les hommes,
Et s'ils ne les ont pris que pour de vains fantômes,
Ils ne rendront pas l'âme au ciel : et leur esprit,
Loin d'aller vivre ailleurs, sera soudain détruit. (1)

Nous jugeons le Passé ; l'Avenir nous contemple ;
Aux siècles qui viendront, sachons servir d'exemple ;
Nous, dix-neuvième siècle, aux yeux du Tout-Puissant,
Méritons d'exister et d'être le présent :
Méritons d'être un jour un monument, un livre
Cité comme modèle et comme exemple à suivre ;
Une histoire valable, une estampe, un tableau
Digne de vivre au Louvre, intéressant et beau !

---

(1) *Tolletur ex numero.*

Paralipomenon.

Sans doute, il est mort jeune ; il pourrait vivre encore,
Être à ce qui chez vous s'écrit et s'élabore ;
Travailler nuit et jour, vérifier les temps,
Partager vos labeurs, vos efforts éclatants ;
Revoir avec respect vos Recueils, vos Annales,
Hautes Productions, OEuvres monumentales,
Gigantesques Reliefs , comme un beau rêve en fait ,
Ayant le sol pour base et le ciel pour sommet.

Il meurt ; et d'autant plus il faut qu'il vous en coûte
Qu'il pourrait sur vos plans vous suivre encor sans doute ;
Suivre à travers les cieux et sur son double rail
Votre large , profond , transcendental travail :
Voir les siècles obscurs , découvrir mille choses
Pleines d'utilité, grandes et grandioses :
Il pourrait . . . . . mais enfin , avant , pendant , après,
Il meurt digne d'envie , attendu vos regrets.

Remontant trois mille ans et plus avant notre ère,
A l'oubli dévorant Vous avez su soustraire
   Des empereurs, des rois;
Et, soit aigle, ou vapeur, ou volante machine,
Votre histoire, en un jour, parcourt l'ancienne Chine
   Et les anciens Chinois.

Et sans erreur de date et sans anachronismes,
Vous avez reconnu l'âge des cataclysmes
   Et leurs traits respectifs:
A l'étroit dans un siècle assez confus, votre âme
A voulu parcourir l'harmonieuse gamme
   Des siècles primitifs.

Vous avez vu des temps l'ordre et l'économie;
Vous l'avez fait valoir, ce temps qui vaut la vie ! ! !
Ce temps, matière d'or, résultat précieux
Du travail de la terre et du travail des cieux !
Que chacun donc, comme eux, travaille et s'évertue;
Le travail ennoblit; l'oisiveté nous tue :
Comme un ver solitaire et comme un ver rongeur,
Vous dites qu'elle vise et nous attaque au cœur :

Et Dieu qui sait donner des leçons si profondes,
Ne travaille-t-il pas à l'entretien des mondes ?
A conserver l'espace, à le bien maintenir,
A faire, à préparer le fond de l'avenir,
De mille astres tournans empêcher le mélange,
Pour que rien ne s'abyme et rien ne se dérange ;
Et sans appui dans l'air, sans trains, sans appareils,
Produire et diriger la marche des soleils !

Voici des Inventeurs, des Fabricans, des Maîtres,
D'illustres Opticiens facteurs de chronomètres,
D'instrumens merveilleux ; mais, quel revers ! pas un
N'a jamais pu marcher d'un pas toujours commun :
Pas un qui ne se trompe, ou qui, faible interprête,
Fatigué d'un long cours, ne change ou ne s'arrête :
Chacun varie au gré, sans trop savoir comment,
Tantôt de l'atmosphère et tantôt de l'aimant.

Incommutable seul, le Temps partout s'avance,
Point l'ombre d'un retard ; point l'ombre d'une avance ;
Il va s'offrir demain tel qu'hier il s'offrait ;
Point d'inexactitude et point de point d'arrêt.
Chacun peut s'étourdir, faire halte à sa guise,
Temporiser : jamais le Temps ne temporise !

Il ressemble à la France, à cet esprit vivant
Qui cherche et, même au bout, crie encore : en avant !
Mais, circonspect, il marche avec règle et mesure :
Il va comme il convient au monde, à la nature ;
Il ne va pas tout seul . . . il va . . . mais où va-t-il ?
Le voyons-nous de face ou rien que de profil ?
Sa carrière quand donc sera-t-elle achevée ?
Quels seront ses confins et son point d'arrivée ?
Nous voulons trop savoir : dans cent mille ans les cieux
Existeront encore et ne seront pas vieux :
Dans cent mille ans la lune existe , et notre terre
Tourne autour d'un soleil qu'aucun pouvoir n'altère ;
Et le Temps se ressemble et n'a pas moins d'appui,
N'a pas moins de vigueur, moins d'élan qu'aujourd'hui.

Comment compter les jours et leur si longue échelle
Et les siècles volans , si Dieu les renouvelle ?
Que veut dire le Nil et le Niagara ?
Qu'est-ce que ce qui fut sinon ce qui sera ?
Cessons donc d'abuser de ce fragment de vie ;
Eh quoi ! l'impiété sauvera donc l'impie ?
Et l'Absolu, d'ailleurs, dont tant se sont mêlés,
Romprait-il, par hasard, ses éternels scellés ?

Mais le Temps... lui qui va, que nul de nous ne mène,
Devait, sous d'autres points, être votre domaine;
Et pour vous, pour vous seul, Savant hors ligne, à part,
Être presque accessible à son point de départ;
Ouvrir, non sans regret, pour plaire à votre course,
Tous les siècles éteints, moins leur première source;
Et, livrant ses secrets, ses lois, ses effectifs,
Couronner dignement vos soins rétrospectifs.

Quels sont donc les pays, quelle est donc la patrie,
Qui ne seraient pas fiers d'une telle industrie?
Vous et votre savoir, ferme et puissant levier,
Vous avez su tout vaincre, à tout point obvier;
Et sur vos monumens auxquels le temps ajoute,
Plâne votre grand nom comme une clé de voûte;
Comme un cachet, devant, chez la postérité,
Être honoré toujours et faire autorité;
Comme un enseignement, une clarté morale,
Une étoile, une montre humaine et sidérale
Montrant ce que l'on peut, et montrant ce qu'ont pu
Soixante ans de travail, d'étude et de vertu!!!

Le Temps, Dieu le dirige, et Dieu, dans sa sagesse,
Comme il a travaillé, travaillera sans cesse;

Et nous qui croyons peu, nous en croyons assez
Votre immense voyage autour des temps passés.

Souverain Antiquaire ! admirable Annaliste !
Un Dieu conservateur qui vous conserve, existe.
Vivez content, heureux, à l'ombre, à la faveur
De ce que nous avons de plus conservateur.
Puisse votre âge enfin recueillir sans nuage
Ce que séma jadis votre prudent jeune âge !
Et puissiez-vous long-temps porter la majesté,
L'ornement solennel de la longévité ! ! !

Vous possédez un nom au-dessus de l'envie,
Nom cher à l'Institut, cher à l'Académie,
A la France, à l'Europe, à tout contemporain
Qui pense et se respecte ; un nom européen !
Qui pourrait encor croître et s'étendrait encore,
Si nous pouvions franchir et distancer l'aurore ;
Au sud, au nord, à l'est, à l'occident vanté,
Il est au maximum de la célébrité.

Des Sept Sages Anciens, bien autrement plus sage,
Vous doublez la sagesse et dépassez l'ouvrage ;

Allons ; grand bien vous fasse ! et vos nuits et vos jours
Puissent, en se suivant, se ressembler toujours !
Qu'une Paix confortable à vous charmer s'applique ;
Belle comme la paix de la Mer Pacifique ;
Belle comme l'Iris dans toutes les saisons,
Du signe du Bélier au signe des Poissons !

Et quand viendra le tour d'une seconde vie
Qui n'est point réservée au méchant qui la nie
Et qui par là d'avance entièrement s'éteint,
Dieu qui vous a créé, Dieu que vous avez craint,
Qui n'a pas fait pour rien l'âme et la conscience,
Qui dit qu'il ne faut pas compter sans sa présence,
Appellera votre âme, intime enfant du ciel,
Souffle du Créateur, produit incorporel !
Et votre âme accourra semblable à l'hirondelle
Qui toute heureuse accourt quand le printemps l'appelle.
Fasse le ciel sensible et fasse l'Infini
Que nous devinions juste et qu'il en soit ainsi !
Plaise à Dieu de l'entendre ! à l'Eternel ne plaise
Que nous soyons tentés par l'opposé qui lèse !
Puissiez-vous vivre heureux ! puisse le Tout-Puissant,
Qui n'a jamais cessé d'être à vos yeux présent,

Transporter votre esprit où votre esprit s'élance,
Au moyen d'un premier changement d'existence !
Se rappeler de vous comme il s'en rappela !
Toujours, plus que toujours et puis même au-delà ! (1)

Des hommes sans mémoire

Se font un bien grand tort;

Ils ont fini par boire

Aux sources de la mort !

Et sans chemin, sans route,

Sans frein, sans yeux, sans cœur,

Ils ont jeté le doute,

Sur qui ? sur toi, Seigneur !

---

(1) In œternum et ultra.

Abdie.

Mène et conduis la France,

Toi qui ne peux finir !

Source de l'existence !

Source de l'avenir !

Souvent, sous le soleil, de distance en distance,
Lorsque Vous rencontrez la gêne et la souffrance;
Ou quand des gens à plaindre osent se faire voir
Couchés dans l'athéisme et dans le désespoir,
Votre austère raison, votre aimable fortune,
Font acte de présence et se font jour chacune;
Savent se surpasser, renvoyer le malheur,
Avec cette onction qui fut toujours la leur :
Vous consolez les uns en les prenant pour vôtres;
Par un bienfait mental Vous ramenez les autres;
Vous aimez les vivans; ce n'est pas vous dès-lors
Qui ferez entreprendre et regretter les morts :
Maint et maint malheureux à Dieu vous assimile;
Qui dit Vous dit un homme éminemment utile :

Les hommes et Dieu n'ont qu'à se louer de vous,
Dont rien n'est plus utile et dont rien n'est plus doux.

Mais quel vaste coup-d'œil, quelle excellente vue
Pourrait de vos travaux embrasser l'étendue ?
Et quel cercle mural, quel verre amplifiant
Suivre vos grands lointains, votre horizon si grand ?
Qui de tant de savoir, qui de tant de science
Mesurer l'amplitude et la portée immense ?
Mesurez donc plutôt, par un tour sans pareil,
La puissance éclairante et l'esprit du soleil.

Paris, 19 Septembre 1840.

Frédéric Marini.